Dear Jim

Perhap this will give you somewhat of an idea of how I would like the walls to look.

When you actually get here we can discuss it in full and change measurements about to suit the land lay etc. etc.

My best to you all!

Tasha

타샤가 돌 쌓기 기술자 짐 헤릭에게 보낸 도면과 의뢰서

짐에게

이걸 보면 내가 어떤 돌담을 만들어주길 원하는지
대충 이해할 수 있을 거라고 생각해요.
당신이 직접 이곳을 방문하게 되면
서로 자세하게 의견을 나누어서 땅 모양에 맞게
치수를 바꾸는 일도 가능하리라고 생각합니다.
모두에게 안부 전해주세요.

— 타샤

도면에는 아래의 설명들이 상세히 씌어 있다

— 돌담 상단의 높이는 2.4미터로, 하단의 높이는 60센티미터로.
— 돌담 하단은 돌담 상단보다 밖으로 3미터 나올 수 있도록.
— 땅 모양이 경사져 있어서 동쪽으로 갈수록 돌담의 높이가 높아짐.
— 돌담에 사용할 돌은 커다란 둥근 바위가 아닌 평평한 돌로.
— 돌담의 제일 위쪽 근처에는 식물을 심을 수 있도록 구멍을 만들어줄 것.
— 모서리에는 코기가 서서 정원을 바라볼 수 있도록 커다랗고 평평한 돌을 놓아주길 바람.

나의 정원은 '지상 낙원'이에요.

정원에 대해서만큼은 결코 겸손해지지가 않는답니다.

타샤 튜더

TASHA NO NIWA ZUKURI

First published in Japan in 2007 by KADOKAWA CORPORATION, Tokyo.

Korean translation rights arranged with KADOKAWA CORPORATION, Tokyo through Danny Hong Agency.

뉴햄프셔주에 있던 옛집 앞. 코기를 안고 있다.

† 3, 6~19, 51, 77, 81쪽 이외의 모든 사진은 2006~2007년에 촬영한 것입니다.

‡ 상추 양귀비(104쪽)의 재배는 한국에서 금지되어 있습니다.

Tasha Tudor's Successful Garden

타샤 튜더 나의 정원

타샤 튜더 지음 ◆ 리처드 브라운 사진 ◆ 김향 옮김

윌북

1971년, 내 나이 쉰여섯에 버몬트주에 있는 이 땅을 구입했다.

프롤로그

꿈에 그리던 버몬트에 땅을 구하다

버몬트주에 사는 것이 오랜 소망이었는데, 그것도 큰아들 세스의 땅 바로 옆에 내가 살게 될 마땅한 땅을 발견했을 때는 정말이지 기뻤습니다. 남향받이의 산자락으로, 거친 초지를 전형적인 버몬트의 숲이 둘러싸고 있는 곳이었습니다. 땅은 전부 30만 평이었는데, 거의 한가운데쯤에 약간의 평평한 장소가 있었기에, 그곳에 내가 살 집을 짓기로 마음먹었습니다.

나무를 베어내며 평지를 넓히는 큰아들 세스.

베어낸 나무와 관목을 불도저로 밀어내고 있는 세스.

나에게는 살고 싶은 집의 모델이 있었습니다. 1740년대부터 뉴햄프셔주에 있던 농가 주택으로, 가구 기술자였던 큰아들 세스에게 그 집과 똑같은 집을 낡아 보이게 지어달라고 부탁했지요. 세스는 내 친구가 살고 있던 그 집에 몇 번이나 찾아가서 측량을 했고, 땅 모양 때문에 남북의 위치가 바뀐 것 이외에는 전혀 다른 부분이 없을 정도로 똑같은 집을 지어주었습니다. 게다가 기계를 전혀 사용하지 않고 나무못으로 대들보와 기둥을 연결하는 1740년대 당시의 기법으로 말이지요.

'뉴햄프셔에 애써 만든 정원을 버리면서까지 새로 이사할 필요가 있나요?'라는 말을 자주 듣곤 했지만, 나는 너무나도 버몬트에 살고 싶었습니다. 인생은 짧지 않나요? 하고 싶은 일이 있으면 하는 게 좋지요. 버몬트로 옮겨오면서 내 인생은 크게 바뀌었습니다. 지금은 버몬트가 아닌 곳에서 산다는 건 상상할 수조차 없지요.

나무와 가지를 태우고 지면을 고르는 모습.

첫해, 헛간과 온실이 지어지고 정원을 구상하다

❀ 공사의 진척 과정을 보러 갈 때마다 뉴햄프셔주에 있던 옛집에서 관목 같은 것들을 조금씩 옮겨와 심기 시작했습니다. 집을 짓기 시작한 첫해 여름, 헛간이 다 지어지자 그곳에서 생활할 수 있었습니다. 그리고 그해 가을이 끝나갈 무렵, 본채의 일부와 온실이 완성되자, 뉴햄프셔의 옛집을 완전히 정리하고 이사해 들어왔지요. 빌린 트럭으로 몇 번이나 오가며 가구 등 세간붙이와 함께 식물들과 퇴비도 옮겼습니다. 지금 심어져 있는 여러해살이 화초의 대부분은 전에 살던 집에서 가져온 것들로 개중에는 나의 어머니나 할머니 대부터 키워오던 것들도 있습니다.

채소를 키우는 텃밭은 적당한 장소가 있으면 어디든 쉽게 만들 수 있지만 꽃밭은 그렇지 않아요. 정원을 어떻게 만드는 게 좋을지 매일 밤 정원의 모습을 생각나는 대로 종이에 그려가며 구상했습니다. 그러다 보면 상상이 점점 부풀어오르며 머릿속에 그 이미지가 떠올랐습니다.

록가든**Rock Garden**정원석을 여기저기 배치해서 만드는 정원 • 옮긴이을 좋아하지 않았기 때문에 집 앞의 급경사면에는 평평한 돌을 쌓아올려 돌담을 만든 후, 거기에 다시 흙을 채워 2단으로 된 테라스 화단을 꾸미기로 했습니다. 돌 쌓기의 명인인 짐 헤릭이 있으니 걱정 없었지요. 그런데 짐은 좀처럼 쉽게 와주질 않더군요. 그래서 우체국에 '사람을 찾습니다'라는 메모를 붙여놓았어요. 그러자 당장 우리 집으로 달려와 훌륭한 돌담을 만들어주었답니다.

집의 완성을 기다리지 못하고 어린 나무를 옮겨심기하기 시작했다.

집을 짓기 시작한 첫해 겨울, 헛간의 기초를 만들었다.

부지 안에서 나온 통나무를 근처 제재소에 부탁해 목재로 다듬었다.

마음 가는 대로
정원을 만드는 즐거움

❀ 화단이나 밭으로 쓸 자리를 개간하고, 근처 농가에서 대량으로 쇠두엄을 사들여 퇴비로 만들고, 그것을 땅속에 섞어 넣는 등 정원을 만들 준비를 차츰차츰 해나갔습니다.

맨 처음에는 집 앞의 정원을 만들었습니다. 그리고 나서 돌담 주변에 꽃을 심고, 핑크 가든, 비밀의 화원도 만들기 시작했습니다.

다른 사람이 가꾼 정원을 참고해서 만든 정원은 없습니다. 스스로 생각해서 내가 좋다고 생각한 대로 만들어온 나의 정원이지요. 정원의 설계도도 만들어본 적이 없습니다. 괜찮을 것 같아서 심은 것도 생각만큼 잘 안되면

1972년, 눈이 녹기를 기다려 공사를 다시 시작했다.

헛간의 골조가 완성되어 지붕을 씌우기 시작했다.

1972년 여름, 헛간이 완성되었다. 여기에 간이 침대를 두고 생활하기 시작했다.

다른 것으로 바꿔 심었고, 오솔길을 만들고 싶다는 생각이 들면 그 자리에 얼른 길을 만들어버리기도 했지요. 그래서 우리 집 정원에는 가다가 길이 끊기는 오솔길도 있답니다.

미국에는 기온이 어느 정도까지 떨어지느냐에 따라 11단계로 지역을 나누어놓은 '내한성 구역 지도USA Plant Hardiness Zone'미국 농무부에서 처음 개발한 것으로, 각 지역의 겨울 최저 온도를 일정 기간 동안 기록하여 11개 구역으로 분류한 지도 • 옮긴이가 있어요. 뉴햄프셔주에 있는 옛날 집은 5구역에 속한 곳이었지만, 버몬트주는 그보다 더 추운 4구역에 속해 있지요. 최저 기온이 영하 20~30도 정도 되는 지역이에요. 내한성 구역이 달라지면 정원을 만들고 가꾸는 방법도 크게 달라집니다. 그 덕에 이곳에 들어온 후 정원 만들기와 식물에 대해 새롭게 배운 것들이 많이 있습니다. 또 이곳의 상황에 맞춰 가드닝의 방법을 바꾼 것도 있고요.

20년 후의 정원을 상상하며

❀ 버몬트는 기후 조건이 나쁘고 토지 대부분이 비스듬한 모양새였기 때문에 뉴햄프셔의 집과 전혀 다른 정원이 만들어졌습니다.

집이 완성된 지 2, 3년 후 세스는 불도저로 땅을 파고 텃밭 옆에 있는 샘에서 물을 끌어와 연못을 만들어주었습니다. 물론 수련을 부지런히 심었지요. 정원의 서쪽 옆면에 있는 초지에 야생화 씨앗을 뿌려 야생화 정원으로 만들어야겠다고 생각한 것은 보다 나중에 생각한 아이디어였습니다. 땅을 갈아엎고, 석회를 흙에 섞고……. 지금과 같은 정원으로 만드는 데 3년이 걸렸습니다.

이사할 당시에는 수도도 전기도 없었습니다. 하지만 전기가 들어온

본채와 온실의 기초를 쌓은 후 온실을 만들기 시작했다.

1972년 가을, 온실이 완성되었다.

후 1980년 즈음에 전기로 온도 관리를 할 수 있는 새로운 온실을 세스가 만들어주었습니다.

내가 30대였을 때, 어느 식물학 교수의 훌륭한 정원을 가보고 감탄을 금치 못했던 적이 있습니다. 들어보니 만들어진 지 20년이 지난 정원이라고 하더군요. 나 또한 식물이 풍성하게 자라나 아름다운 꽃을 즐길 수 있기까지는 몇 년이고 어려움을 참고 견뎌야 한다고 처음부터 각오하고 있었습니다. 그럼요. 정원은 하룻밤에 만들어지는 것이 아닙니다. 최소한 12년은 참고 기다려야 하지요. 하지만 나는 정원이 너무 좋아서 견딜 수가 없어요. 정원 일을 한다는 것만으로도 만족스럽기 때문에 힘들다는 생각은 조금도 해본 적이 없었습니다.

1973년 봄, 침실과 주방 등 본채의 일부분이 완성되었다. 말뚝과 끈을 이용해 옮겨 심은 어린 나무를 보호하고 있다.

새로 살게 된 버몬트 집의 전경. 본채 일부를 남기고 완성되었다.

2006년, 온실에 핀 동백꽃을 화병에 꽂아 장식하고 있다.

새집으로 이사한다는 것은 정원도 옮겨야 한다는 의미였습니다.
1945년부터 27년간 가꿔온 뉴햄프셔의 정원에는
내가 좋아하는 식물들이 가득 있었습니다.
그걸 전부 파내서는 버몬트로 옮겨주었어요.

차례

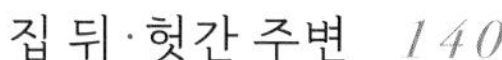

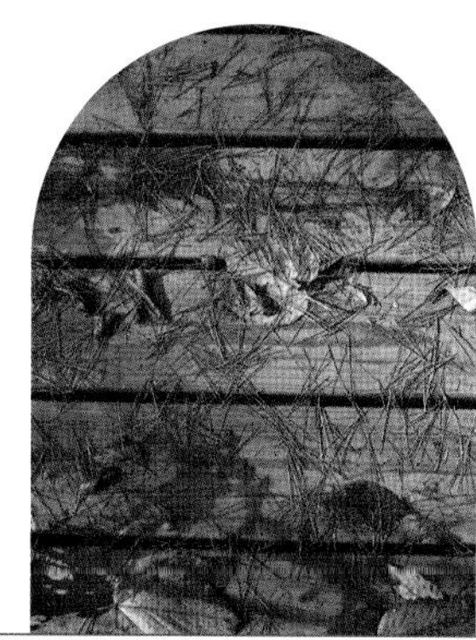

타샤의 가드닝 노하우

사계절 내내 즐길 수 있는 정원

❀ 나의 정원에는 테마를 정해서 계획적으로 만든 꽃밭은 없습니다. 어느 꽃밭에서건 사계절에 따른 변화와 리듬을 즐길 수 있도록 개화 시기가 서로 다른 식물을 섞어서 심지요.

또 다양한 식물의 색과 향기, 감촉의 어울림도 생각하고 어떻게 심어야 아름답게 보일지도 염두에 둡니다. 예를 들어 본채의 벽 앞을 따라가며 꽃을 심는다면, 접시꽃이나 쥐오줌풀처럼 키가 큰 것을 벽에 붙여 심고, 앞쪽으로는 키가 작은 식물을 심은 후, 두 화초 사이에 고전적인 장미나 백합을 섞어 심는 식이지요. 게다가 가을에 화단 가장자리 쪽으로 다양한 색깔의 히아신스를 섞어 심어놓으면 4월 초부터 5월까지 한꺼번에 꽃을 피우기 시작합니다. 그 아름다움과 향기에는 언제나 가슴이 설레고 말지요.

식물이 무엇을 원하는지, 어떻게 해주면 식물이 기뻐할지도 생각합니다. 처음 심는 식물은 같은 것을 세 개씩 사서 서로 다른 장소에 심어본 후, 가장 잘 자라는 장소에서 불려간답니다.

여러해살이 식물을 심어 저절로 씨앗이 떨어져 퍼져나가게 해주는 것도 재미있지요. 댐스 바이올렛이나 물망초, 캄파눌라 같은 것은 자연 발아도 잘되고 오랜 세월 동안 여기저기로 퍼져나갑니다. 새나 바람이 씨를 옮겨주어 이듬해 생각지도 못한 곳에서 싹을 틔워 꽃을 피우는 모습을 보면 가슴이 두근두근거리고는 합니다.

화분이나 상자, 나무통을 활용하는 것도 효과적이고 재미있는 방법입니다. 나는 좋아하는 꽃을 화분이나 상자에 심어서 현관 앞에 놓아둔 채 즐기기도 하고, 다양한 식물을 한 화분에 심어 서로의 조화를 실험해보기도 합니다. 연못의 수련 또한, 일부러 연못까지 가지 않아도 보고 즐길 수 있도록 가까운 곳에 놓아둔 나무통에서 키울 때도 있지요. 추위에 약한 식물 중, 가을에 온실로 옮기기 쉽도록 일부러 화분에 심어둔 것도 있습니다.

집 앞의 정원

가장 먼저 집 앞의 정원을 만들었습니다.
현관에서 밖으로 나오면, 왼편에 있는 온실 쪽과 오른편에 있는 헛간 쪽,
그리고 집 앞의 돌담에서 아래쪽 정원으로 내려갈 수 있도록 오솔길을
만들었고, 그 양편으로는 특히나 내가 좋아하는 것들을 심어두었습니다.

봄. 물망초, 튤립이 한창이다. 그 사이 작약, 접시꽃, 장미가 필 준비를 하고 있다.

튤립 구근을 먹어버리는 사슴과 다람쥐도 집 앞의 정원에는 얼씬하지 않아서 안심하고 튤립을 키울 수 있지요. 꽃이 피는 시기가 조금씩 엇갈리도록, 그리고 다양한 색의 꽃이 서로 어우러져 필 수 있도록 매년 가을 여러 종류의 구근을 섞어가며 심습니다.

여름. 작약, 붓꽃, 쥐오줌풀, 댐스 바이올렛이 피어나는 시기다.
훌륭하게 자라준 청나래고사리. 콜크위트지아도 꽃을 피웠다. 장미는 꽃봉오리가 맺히기 시작했다.

❀ 새의 깃털 같은 청나래고사리의 잎을 보면 넋을 잃고 반하고 맙니다. 본채 주변과 정원 여기저기에 심어두었는데 점점 넓게 번져주어서 참 기쁩니다. 청나래고사리 말고도 공작새의 깃털처럼 반원형으로 잎을 펼치는 공작고사리, 상록고사리의 일종으로 겨울에도 푸르름을 유지하는 크리스마스고사리 등 약 30종의 양치식물이 자라나고 있습니다.

봄이 와서 정원 일을 하기 시작하면 코기 메기도 기쁜 듯 뒤를 졸졸 따라다닌다.

히아신스의 꽃줄기를 잘라 모으고 있다.

이 정도 길이의 삽과 작은 크기의 원예용 삽, 거기다가 원예용 가위만 있으면 대부분의 정원 일을 해낼 수 있지요.

히아신스의 아름다운 색깔과 향기를 좋아해서 매년 가을 오솔길을 따라 여러 가지 색깔의 다양한 구근을 대량으로 심어놓습니다. 봄이 오고 히아신스가 가득 피어나면 정말 볼 만하답니다. 이곳의 기후와도 잘 맞아 아름답게 피어나고 있어요. 이듬해에도 예쁜 꽃을 보고 싶어서 꽃이 피고 나면 일찌감치 구근을 파서 저장해둡니다.

구근의 성장을 돕기 위해 히아신스의 꽃줄기를 잘라준다.

나무문이 이 집의 정식 현관이기는 하지만, 이곳은 결혼식처럼 특별한 때에만 사용하고 있어요. 양쪽 끝에는 라일락을 심어두었지요.

연보랏빛의 꽃잔디, 팬지, 튤립, 제비꽃 등 봄꽃이 가득한 본채의 앞마당.

사랑스러운 모양새와 벨벳 같은 꽃잎이 매력적인 팬지도 예전부터 좋아하던 꽃으로, 10대 때부터 지금까지 이사할 때마다 늘 가지고 다니며 심는 팬지도 있습니다.

나는 여름이 끝나갈 무렵 상자에다가 씨를 뿌려서 키운 다음 옮겨 심습니다. 시든 꽃을 따주다 보면, 1년 내내 꽃이 핀 모습을 볼 수도 있지요.

❀ 왕관초는 향기가 강해 '스컹크 릴리'라고도 불립니다.

추위에 약해 기온에 예민한 꽃으로, 진짜로 봄이 와야만 꽃을 피웁니다.

왕관초가 활짝 핀 것을 보면 봄이 왔다는 실감이 들고는 하지요.

오렌지색과 노란색 두 종류를 키우고 있습니다. 눈에 잘 띄지 않는 곳에서 자라나지만, 진한 향기로 봄의 도착을 알려줍니다.

봄. 침실 창문 밑에는 수선화, 튤립, 제비꽃과 함께 금낭화가 활짝 피어 있고,
라일락도 드디어 꽃봉오리를 맺기 시작한다.

❀ '할머니의 보닛Granny's Bonnet'이라고도 불리는 매발톱은 적당히 습기가 있는 음지에 심어 놓으면 우아한 꽃이 지고 난 후에도 아름다운 청록빛 잎을 오랫동안 유지하게 할 수 있습니다.

여름. 라일락이 활짝 피어 있다.
비둘기들이 사는 헛간 아래 피어 있는 매발톱과 댐스 바이올렛, 장미.

작약, 쥐오줌풀, 장미와 함께 캄파눌라의 한 종류인
보랏빛 '캔터베리 벨즈'가 피기 시작한 여름의 정원.

✿ 나에게 작약은 없어서는 안 되는 꽃이지요. 수명이 긴 꽃으로, 손질을 많이 해주지 않아도 매년 아름다운 꽃을 피웁니다.

향기가 좋고 겹꽃의 커다란 꽃송이를 자랑하는 작약이 어찌나 좋은지 개화 시기가 조금씩 다른 다양한 종류의 작약을 집 앞의 긴 화단에 가득 심어 두었어요. 이런 분홍 작약은 보기도 드물지 않나요?

키우기가 그다지 어렵지 않은 꽃이기는 하지만 너무 깊게는 심지 않는 것이 좋아요. 가을에 거름을 주면 행복해하지요.

꽃의 무게가 무거워 넘어질 수 있으니 뿌리 쪽에서 3분의 1 정도 되는 곳을 마끈 같은 것으로 다발씩 모아 묶어둡니다.

꽃이 진 후에도 아름다운 잎을 계속 즐길 수 있답니다. 잎이 노랗게 말라가면 밑동을 조금 남기고 잘라줍니다.

늦여름. 거실의 창문 밖을 장식하고 있는 접시꽃과 클레마티스 종류인 잭마니.

❀ 케이프코드에 사시던 할머니의 정원에서 받아온 씨로 키운 접시꽃도 자랑할 만한 꽃이지요. 나는 잎사귀 모양이 삐쭉삐쭉하고 꽃의 크기가 큰 접시꽃을 좋아합니다.

오른쪽 아래에 보이는 진한 보랏빛 꽃이 헬리오트로프. 오른쪽 구석에 조그맣게 보이는 지붕이 온실.

여름. 돌담 아래에서 본 본채 앞의 정원.
작약이 쓰러지지 않도록 철사로 원을 만들어 둥그렇게 둘러놓았다.
돌담 위로 패랭이가 보이고 돌담 사이사이에서는 돌나물이 자라고 있다.

나는 제라늄과 헬리오트로프, 후크시아, 페튜니아 같은 것을 화분에 심어 키우고 있어요. 질그릇으로 된 화분이 놓여 있는 것만으로도 정원 분위기가 확 달라지지요.

돌나물은 흙이 별로 없는 곳에서도 잘 자라고, 한번 뿌리를 내리면 그 자리에 언제까지고 자리를 잡아 점점 주변으로 번져갑니다.

❀ 캄파눌라 중에는 키가 큰 것부터 작은 것, 땅을 기는 것까지 여러 종류가 있습니다.

흰색, 푸른색, 보라색 꽃은 따로 꼽을 것 없이 모두 다 아름답고, 요모조모 쓸모가 많은 훌륭한 여러해살이 화초지요.

7월 초 정원에 캄파눌라의 한 종인 캔터베리 벨즈가 피기 시작하면 여름도 서서히 후반으로 접어듭니다.

꽃이 거의 다 진 늦여름. 참으아리꽃이 정원을 물들이고 있다.

모든 꽃이 진 후
겨울잠에 빠진 정원을
산책 중인 메기.

패랭이도 작약도 모습을 감춘 정원.
붉은색의 로즈힙(장미 열매)이 겨울의 단조로운 풍경에 약간의 색을 더해준다.

정원이 찬란하게 빛나는 5월과 6월

❀ '뉴잉글랜드의 기후는 겨울이 아홉 달이고, 썰매 타기에 적당치 않은 달이 석 달'이라는 마크 트웨인의 말처럼, 이곳은 4월에도 눈이 내리고 5월에 들어서도 늦서리가 내릴 때가 있습니다. 9월이 되면 벌써 서리 걱정을 하게 되지요. 서리 걱정 없이 정원을 돌볼 수 있는 기간은 4~5개월 정도나 될까요. 하지만 그것도 매년 다릅니다. 큰 눈이 오는 해가 있는가 하면 거의 눈이 오지 않는 겨울도 있고, 초여름에 비가 한 달이나 계속 내린 해도 있었습니다. 특히 최근 몇 년 동안의 기후는 뭔가 이상합니다.

하지만 사계절의 변화는 분명합니다. 겨울에는 기온이 영하 25도까지 떨어지기도 하고 하루 종일 바깥 온도가 영하 18도 이상 올라가지 않을 때도 있지만, 3월이 되고 어느 순간 정신을 차려보면 눈이 녹기 시작하거든요. 그러면 마음이 분주해지지요. 주문한 씨앗도 속속 도착하기 시작합니다. 정원을 둘러보면 여기저기에서 구근이 싹을 틔우고 있습니다. 누렇게 말랐던 풀 사이사이에서 초록빛 새

싹이 엿보이기 시작합니다. 문을 열어두면 이른 봄의 상쾌한 공기가 들어오고 작은 새들이 도란도란 지저귀는 소리도 들려옵니다. 헛간에 있던 닭들도 운동장으로 나갈 수 있도록 여름용 우리로 옮겨줍니다. 겨울바람꽃, 스노드롭, 크로커스 같은 꽃들이 피어나기 시작합니다. 드디어 봄이 찾아온 것이지요.

정원이 보다 더 아름답게 빛나는 때는 5월과 6월입니다. 수선화와 튤립이 모여 피기 시작하면 정원은 크림색 아지랑이로 둘러싸인 것처럼 보입니다. 물망초가 정원을 뒤덮으면 연보랏빛 베일이 쳐진 것 같지요. 5월 말에는 돌능금나무에 꽃이 가득 피는데 그 모습은 숨이 멎을 정도로 아름답습니다. 붓꽃과 층층이부채꽃이 어울려 정원을 보랏빛으로 물들일 때면 내가 좋아하는 작약의 봉오리가 부풀어오르기 시작하고, 작약이 꽃망울을 터뜨리고 나면 이번에는 장미가 꽃필 준비를 합니다.

돌담 주변

❀

집 앞의 경사면을 정원으로 꾸미기 위해, 동서로 길게 돌담을 쌓아서
더 이상 흙이 쓸려 내려오지 않게 한 후 테라스 화원으로 만들었습니다.
평평한 돌을 쌓아 올린 돌담에는 엄청난 양의 돌이 들어갔지요.

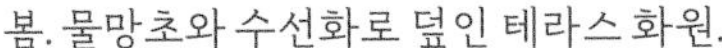

봄. 물망초와 수선화로 덮인 테라스 화원.

여름. 돌담 위쪽에는 댐스 바이올렛과 디기탈리스가 피어나고, 돌담 아래쪽에서는 붓꽃이 줄지어 피기 시작한다. 가장 아래쪽에 보이는 꽃은 핑크 가든에 핀 붓꽃과 아직 봉오리 상태인 작약.

❀ 봄의 정원을 기쁨으로 가득 채워주는 물망초.

화가 모네도 아름다운 물빛의 꽃으로 가득 찬 자신의 정원을 그리고는 했지요.

한곳에 모아 심으면 무리지어 꽃을 피우는 것도 근사합니다.

추위에 강하고 쉽게 잘 번져서 일단 한번 자리를 잡으면 매년 이곳에서 꽃이 핍니다.

❀ 두해살이 화초인 디기탈리스는 꽃을 본 다음 가을에 꽃줄기를 잘라 놓으면 이듬해 싹이 나서 성장을 한 후 그 이듬해에 다시 아름다운 꽃을 피웁니다.

흰색, 크림색, 분홍색의 꽃을 대롱대롱 단 줄기를 길게 뻗어 올린 디기탈리스는 초여름의 정원에 어울리는 꽃입니다.

나는 디기탈리스를 '폭스 글러브**Fox Glove**(여우 장갑)'라는 옛 이름으로 부른답니다.

오리엔탈 포피나 슈러브 장미와도 잘 어울리는 꽃입니다.

여름. 디기탈리스가 꽃대를 길게 뻗어 올리고 장미 '해리슨즈 옐로**Harrison's Yellow**'가 포도나무 지지대를 타고 올라가 활짝 피어 있다.

겨울. 돌담 위쪽에서도 아래쪽에서도 꽃을 찾아볼 수 없고 집 뒤의 나무들도 잎을 모두 떨군다.

이 훌륭한 돌담과 여기 심은 화초들을 보면, 경사면의 문제를 해결한 이 재미있는 방법에 대해서 누구라도 감탄하지 않을까요?

여름. 핑크 가든에서 바라본 돌담 주변과 본채. 왼쪽에 있는 꽃나무는 콜크위트지아.

실은 높은 쪽 돌담에 식물을 심을 수 있는 구멍을 만들어달라고 돌 쌓기 기술자 짐 헤릭에게 부탁했지만, 짐은 그 부탁을 들어주지 않더군요.

댐스 바이올렛의 꿀을 빠는 호랑나비.

❀ 댐스 바이올렛은 저절로 씨앗이 떨어지면서 잘 번지는 화초입니다.

그래서 이 꽃을 참 좋아해요.

나의 정원을 보고 감탄하는 사람이 많지만 다른 사람들은 모두들 댐스 바이올렛을 잡초라고 생각하고 뽑아버려서 속이 상할 때가 있어요.

시든 꽃은 보이는 대로 따줍니다.

콜크위트지아의 가지가 늘어진 돌담 사이를 기어 다니는 뱀.

뱀들은 우리 집 돌담을 고급 호텔로 착각하고 있는 것 같아요.

풀숲을 걷다가 자주 만난답니다.

하지만 이 근처에 있는 것들은 전부 독 없는 뱀이니 무섭진 않아요.

❀ 플록스는 꽃의 수명이 길고 튼튼한 여러해살이 화초입니다. 해가 잘 드는 곳이 좋지만 반음지에서도 키울 수 있지요. 시든 꽃은 골라 따주고 거름을 잘 주면 매년 아름다운 꽃을 자랑한답니다.

위와 아래 돌담 사이에 있는 화단의 오솔길. 길을 따라 물망초를 심었다.
오른쪽에 있는 연보라색 꽃이 플록스, 가운데는 돌능금나무.

금매화입니다. 꼭 미나리아재비를 크게 확대시킨 것 같죠.
5월 말부터 피기 시작해 꽤 오랫동안 꽃을 보여줍니다.
약간 그늘진 곳을 더 좋아하는 것 같아요.

분홍빛 안개 같은 꿩의다리도 수명이 긴 여러해살이 화초입니다.

꽃이 핀 후 2주 정도 지나면 그 옆에 심어놓은 1.5미터 이상 키가 크는 다른 품종의 꿩의다리도 꽃이 피기 시작합니다.

여름의 화단을 물들이는 원추리와 베르가못.

암꽃술 모양이 두루미의 부리를 닮아서
'크레인즈빌Cranesbill(두루미 부리)'이라고 불리는 쥐손이풀과의 제라늄 프라텐세.

❀ 원추리는 꽃이 하루 만에 져서 '데이 릴리Day Lily(하루 백합)'라고도 불리죠. 하지만 모든 줄기에 꽃봉오리가 잔뜩 달려 있어서 몇 주일은 문제없이 꽃을 즐길 수 있어요.

나는 특히 옅은 분홍색과 크림 옐로 빛깔의 원추리를 좋아합니다.

대표적인 야생 장미인 찔레.

덩굴 장미인 폴즈 히말라얀 무스크.

모던 슈러브 로즈의 한 종인 로제라이 드 레이.

어느 해부턴가 갑자기 피기 시작한, 자연 교배로 생겨난 것 같은 장미.

장미는 스무 종류 정도 심어두었습니다.

서부 개척 시대 사람들이
즐겨 심었다고 해서 '텍사스의 장미',
'개척민의 장미'라고도 불리는 '해리슨즈 옐로'.

가을. 아래쪽 정원에서 본 돌담 주변과 본채.

❀ 먹이가 부족해지는 계절, 돌능금나무의 열매는 작은 새들의 귀중한 식량이 되지요.

가을. 새빨갛게 익은 장미 열매, 로즈힙.

🌷 '퀸 앤즈 레이스Queen Ann's Lace(앤 여왕의 레이스)'라는 별명을 가진 야생 당근. 그저 들판에 피는 흔한 풀이라고 생각하는 사람들도 있지만 나는 이 꽃이 참 좋아요.

초겨울. 아래쪽 정원에서 바라본 돌담 주변과 본채.
식물의 자취가 사라지고 아름다운 돌담이 그 모습을 오롯이 드러낸다.

겨울. 눈 덮인 정원.
눈 이불을 덮고 식물들은 봄까지 겨울잠에 빠져든다.

❀ 나는 겨울도 참 좋아해요.
다른 계절에는 없는 고요함이 있기 때문이지요.
정원 일에 쫓길 필요도 없고요.

버몬트의
여름부터 가을까지

❀ 산 위에 위치한 이곳의 기온은 여름에도 오전이 15도 전후이고 오후에도 27도를 넘는 일이 거의 없지요. 7월, 어린 잎의 연두 빛깔이 점점 진해지면 야생화 정원은 데이지로 뒤덮입니다. 정원 여기저기에 자랑스러운 접시꽃이 활짝 피어나고 캄파눌라의 한 종인 캔터베리 벨즈가 피기 시작하면 여름도 후반에 접어드는 거예요. 여름 꽃이 거의 다 진 후에는 루드베키아와 과꽃, 참으아리가 정원을 환하게 만들어줍니다. 8월 말부터 9월에 걸쳐 점점 습도가 높아지면서 이른 아침 대지에 촉촉한 이슬이 내리기 시작하면 그때부터가 가을의 시작입니다.

9월 초가 되면 나뭇잎이 점점 물들기 시작하고, 10월 초의 공휴일인 콜럼버스의 날탐험가 콜럼버스가 아메리카 대륙을 발견한 것을 기념해 지정한 미국의 공휴일 • 옮긴이 즈음이 되면 사계절 중 가장 아름답다는 단풍이 절정을 맞이합니다. 하지만 그것도 해에 따라 달라집니다. 잦은 폭풍우가 찾아와 아름답게 물들었던 단풍이 하룻밤 만에 모두 떨어져 앙상한 가지만 남게 되는 경우도 있으니까요.

10월이 되면 여름 동안 떼어놓았던 외부 창문을 끼워서 이중창으로 바꿉니다. 정원에서는 가을에 심는 구근을 묻고 추위에 약한 식물을 온실에 넣어두거나 시든 꽃대와 낙엽을 치우는 등 다시 바빠집니다. 마지막에는 모든 정원에 퇴비를 뿌려야 하는 큰일도 남아 있지요.

'과일도 없고, 꽃도 없고, 잎사귀도 없고, 새도 없고, 모든 게 다 없는 11월'이라는 말이 있지요? 11월이 되면 이제 머지않아 본격적인 겨울이 시작됩니다. 나는 겨울도 좋아한답니다. 아무것도 없는 것처럼 보이는 땅 아래에서 식물들은 고요히 잠을 자고 있습니다. 집 안에서는 난롯불이 따뜻하게 타오르고요. 그 옆에서 나는 봄이 오면 식물들이 다시 잠에서 깨어나 정원을 빛나게 해주리라 상상하며 조용하게 붓을 움직여 그림을 그립니다.

핑크 가든

❀

이곳을 핑크 가든이라 이름 붙인 이유는 패랭이꽃**Chinese Pink** 때문입니다.
패랭이꽃 이외에도 모란, 붓꽃, 밥티시아 아우스트랄리스,
작약, 장미, 금낭화, 백합 등을 잔뜩 심어두었기 때문에
사계절 내내 다양한 아름다움을 즐길 수 있지요.

이 화단 주변에도 히아신스를 심어놓았습니다.

히아신스꽃이 지면 꽃잔디와 물망초, 수선화가 피기 시작합니다.

5월이 되고 수선화가 지고 나면 모란과 패랭이꽃으로 가득한 꽃밭이 됩니다.

봄. 물망초와 수선화로 뒤덮인 핑크 가든.

❀ 붓꽃과 층층이부채꽃이 피는 시기에 어울려 필 수 있도록 핑크 가든에는 밥티시아 아우스트랄리스를 심어두었습니다.

보라 꽃들의 잎이 떨어질 무렵이면 작약이 꽃망울을 터뜨리고 장미는 봉오리를 비죽 내밀기 시작합니다.

그 다음에는 디기탈리스와 백합이 꽃을 피울 차례지요.

붓꽃은 꽃이 모두 지고 남은 무성한 잎도 볼 만하답니다.

여름. 작약이 피기 시작한 핑크 가든.

❀ 봄 정원의 보물, 수선화 없는 생활이란 생각할 수도 없습니다.

나는 매년 가을 엄청난 양의 구근을 심어요.

작년에 심었던 구근이 다칠까봐 조심하며 깊이 15센티미터 정도의 구멍을 파고는 하나의 구멍에 한꺼번에 20개 정도의 구근을 넣어둡니다.

납죽 엎드려 일하기 때문에 마치 커다란 고양이라도 된 것 같은 기분이지요.

꽃이 지면 구근이 양분을 축적하기 위해 잎사귀를 기세 좋게 불려가는데, 뒤에 있는 식물을 방해한다 싶으면 포기를 작게 만들어주지요.

그러다가 누렇게 잎이 말라가기 시작하면 잘라냅니다.

봄의 핑크 가든을 물들이는 노란 수선화와 물빛 물망초.

밥티시아 아우스트랄리스는 쪽빛 안료의 원료가 되는 인디고와 닮아서 '폴스 인디고**False Indigo**(가짜 인디고)'라고도 불립니다.

붓꽃과 어울리며 보라색 꽃이 피는 밥티시아 아우스트랄리스.

패랭이꽃을 좋아해서 정원 군데군데 심어두었는데 핑크 가든이 패랭이한테는 제일 좋은 장소인 것 같아요. 꽃이 활짝 필 때면 좋은 향기가 퍼져나가고, 그러면 나는 땅에 몸을 엎드려 그 향기를 맘껏 즐긴답니다.

청록색 이파리도 참 예쁘지요. 하지만 패랭이는 손이 많이 가는 식물이라서 시든 꽃을 따주고 주변의 잡초를 잘 뽑아주지 않으면 점점 약해지고 말지요.

게다가 알칼리성의 땅을 좋아해서 매년 봄, 석회를 뿌려주지 않으면 안 된답니다.

봄. 돌담 위에서 바라본 풍경. 만개한 돌능금나무와 핑크 가든.

겨울. 돌담 위에서 바라보면 잎이 모두 떨어진 돌능금나무와 잠들어 있는 핑크 가든이 보인다.

❀ 나의 정원에는 흰색, 분홍색, 자주색 돌능금나무가 있습니다.
모두 꽃을 즐기기 위해 심은 것들로 열매는 새들의 먹이가 됩니다.

매년 가을,
10센티미터의 거름을 뿌려준다

식물을 보살피는 일이란 기르는 식물 모두 건강하게 자랄 수 있도록 마음을 쓰는 일이지요. 잡초를 부지런히 뽑아주고, 땅의 산성도를 체크해서 모자란 성분을 보충해 주고, 거름을 뿌려주는 일이랍니다. 자연적인 것을 좋아해서 제초제나 화학 비료는 사용하지 않아요.

매년 가을이면 정원 전체에 거름을 10센티미터 두께로 깔아줍니다. 숙성된 소의 분뇨를 이웃 농가에서 트럭으로 대량 구입한 후 야생화 정원 한쪽에 한동안 쌓아두어 거름으로 만들지요. 부엌에서 나오는 음식물 쓰레기는 대부분 닭의 모이로 주기 때문에 거름용으로는 쓸 수 없지요. 봄에 새로운 식물을 심으려고 구멍을 팔 때마다 그 흙에도 거름을 잘 섞어 넣어줍니다.

봄부터 여름까지는 숙성된 분뇨를 물에 녹여 만든 액체 비료를 정기적으로 뿌려줍니다. 물론 액체 비료는 모든 식물에게 줘도 괜찮지만, 가을에 전체적으로 거름을 깔아주었기 때문에 대부분은 굳이 액체 비료까지 줄 것까지는 없지요. 하지만 좀더 번져나가길 원한다거나 크게 키우고 싶을 때에는 성장 보조의 역할로 뿌려주기도 합니다. 특히 장미는 액체 비료를 뿌려주면 그 응답을 해오지요.

나의 정원은 만들어진 지 30년도 더 지났습니다. 지난 세월 동안 거름을 흙에 섞어가며 토양을 화초에 알맞게 변화시켜왔지요. 또 다행히 이곳은 애팔래치아 산맥 북단의 그린 마운틴즈라는 이름을 가진 산맥 지대로 연중 강우량이 유독 많은 곳입니다. 이곳에 있는 식물들이 보통 이상으로 잘 자라주고 더 아름다운 꽃을 피우는 이유는, 오랜 세월 땅의 힘을 키워가며 좋은 환경을 만들고자 노력해온 덕분이기도 하지만 이곳의 자연이 준 선물이라고도 할 수 있지요.

아래쪽 정원

돌담으로 둘러쳐진 테라스 정원의 아래쪽은 완만한 경사면을 그대로 살려 돌능금나무와 콜크위트지아, 라일락 같은 꽃나무와 함께 각양각색의 꽃을 심어놓았습니다.

세스가 아직 헛간을 짓고 있을 때, 나는 벌써 여기에 돌능금나무를 심었지요.

봄. 꽃망울을 터뜨리기 시작한 분홍빛의 돌능금나무.
뒤편으로 보이는 것은 세스가 지은 헛간.

돌능금나무의 꽃망울.

꽃망울을 터뜨리기 시작한 돌능금나무.

활짝 핀 겹꽃잎의 돌능금나무.

돌능금나무의 열매.

돌능금나무 아래 무리지어 피어난 물망초.

'뷰티 부시Beauty Bush(아름다운 관목)'라고 불리는
꽃나무 콜크위트지아.

연못으로 가는 길에 심어둔 라일락.

❀ 아름다운 가지를 분수처럼 늘어뜨리고 오랫동안 고운 꽃을 보여주는 콜크위트지아도 사랑스럽고 향기로운 라일락도 참 좋아요. 그 풍성한 자태는 정원에 입체감을 더하는 포인트가 되어줍니다.

접시꽃과 닮은 꽃을 피우는 사향 아욱의 일종인 말바 알세아.

❀ '블랙 아이드 수잔**Black-Eyed Susan**(검은 눈의 수잔)'이라고도 불리는 루드베키아는 꽃의 수가 적어진 늦여름에 정원을 밝게 물들이는 꽃입니다.

어떤 땅에서도 잘 자라고 금세 번져서 야생화 정원과 동쪽의 초지에도 많이 피어 있습니다.

늦여름의 주인공인 접시꽃과 루드베키아.

옛날부터 상처나 골절을 치료하는 데 사용되어온 허브, 컴프리.

❀ 백선도 내 마음을 사로잡는 꽃입니다. 어머니와 할머니의 정원에도 잔뜩 피어 있었지요.

꽃이 피는 데 몇 년씩 걸리니 어느 자리에 심었는지 잊어버리지 않도록 늘 조심해야 한답니다.

아침 일찍 수증기가 지면에 깔려 있을 때 성냥불을 대면 불길이 일어날 정도로 인화성 가스를 방출하기 때문에 '가스 플랜트Gas Plant'라는 이름도 가지고 있습니다.

잎사귀의 진이 피부에 묻은 채 뜨거운 태양빛에 노출되면 화상을 입어 물집이 잡히는 경우도 있어요.

분홍색과 흰색이 있는데 나는 분홍색이 더 마음에 들어요.

양귀비의 한 종류인 상추 양귀비.

❀ 양귀비도 좋아하는 꽃으로, 할머니 대부터 전해 내려오는 오리엔탈 포피도 있답니다.

아래쪽 정원에서 층층이부채꽃과 양귀비가 서로 어우러져 꽃이 피고 나면 기다렸다는 듯 접시꽃이, 뒤이어 사프란이 꽃망울을 틔웁니다.

댐스 바이올렛, 양귀비, 층층이부채꽃이 서로 어울려 피어 있는 여름의 정원.

정원의 마지막을 장식하는 과꽃은
그냥 내버려두어도 매년 아름다운 꽃이 피는 키우기 쉬운 화초다.

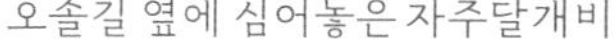

오솔길 옆에 심어놓은 자주달개비.

❀ 가을에 꽃이 흐드러지는 사프란, 꽃은 고운데 여름에 침처럼 뾰족하게 솟아나는 이파리는 영 보기가 싫으네요.

그렇다고 이파리를 뜯어버리면 내년에 필 꽃에 영향을 주니까 사이좋게 지내는 수밖에 없지요.

사프란 사이로 보이는 잎사귀는 야생 제라늄입니다.

추위로부터 식물을 보호하기 위해 하는 일

❀ 버몬트의 겨울 날씨는 변화무쌍합니다. 영하 20도로 기온이 뚝 떨어졌다가도 따뜻하고 습한 공기가 몰려와 4도까지 금세 올라가기도 하지요. 그러다가도 얼음장처럼 차가운 비가 세차게 쏟아져서 나뭇가지를 부러뜨려놓기도 하고, 때로는 비가 큰 눈으로 바뀌기도 합니다. 눈이야 늘 대환영입니다. 쌓인 눈이 담요 역할을 해주어 아무리 기온이 떨어져도 눈 덮인 지면이 얼지 않기 때문이지요. 눈이 오지 않으면 지면에서 깊이 수십 센티미터까지도 땅이 얼어버리기 때문에 짚이나 솔잎을 화단에 깔아주어야 합니다. 어느 해 눈이 적으면 피해를 입는 식물들도 있지만 그렇다고 날씨를 조정할 수는 없으니 대비책을 마련해주고 기도하는 수밖에 다른 도리가 없어요.

디기탈리스와 참제비고깔은 따뜻한 봄날이 며칠간 계속되면 땅에서 새싹이 나오는데, 이때 만약 주변의 수분이 얼어붙어버리면 바로 못쓰게 되고 맙니다. 이를 막기 위해 정원 전체에 지푸라기나 솔잎을 두껍게 깔아주고 그 위에 상록수의 잔가지들을 덮어줍니다. 세스의 처인 마저리가 이 같은 방법을 생각해냈지요.

서리가 내리기 전, 그러니까 대략 10월의 첫째 주 즈음이면 추위에 약한 식물은 전부 온실로 직행입니다. 제라늄, 월계수, 오래된 보스턴고사리, 캄파눌라의 한 종류인 침니 벨플라워, 공작고사리, 군자란 등이 있지요. 가을에 온실에 넣어두어야 하는데 미처 넣지 못한 식물들이 있다면, 갑자기 내린 서리에 피해가 가지 않도록 화분 같은 것으로 살며시 덮어둡니다.

추위에 약한 채소나 한해살이 화초를 이른 봄에 구입했을 때나 서리의 피해가 아직 있을 수 있다고 생각될 때에는, 기후가 안정될 때까지 나무로 짠 냉상다른 난방 기구 없이 태양열을 이용해 보온을 하는 묘상. 싹을 틔우거나 모종을 키울 때 쓴다 • 옮긴이에 넣어두면 좋아요. 또 추위에 약한 어린 여러해살이 화초를 겨울의 혹독한 날씨로부터 보호할 때도 냉상을 사용합니다. 예를 들어 팬지는 7월경 냉상 안에 씨를 뿌려 키우면 건강하게 겨울을 날 수 있고, 이듬해 봄이 왔을 때 원하는 곳에 심을 수 있습니다. 냉상은 자연 파종이 어려운 여러해살이 화초나 씨앗으로 구입한 여러해살이 화초를 키우는 데에도 안성맞춤이랍니다.

온실과 허브 가든

❀

뉴햄프셔의 집에서 하루라도 빨리 이곳으로
식물들을 옮기고 싶어 안달이 나 있었기 때문에
본채가 완성되기를 기다리지 못하고 먼저 온실부터 만들었지요.
그 후 1980년대에 들어선 어느 해, 세스가 지금의 온실을 지어주었습니다.
허브 가든은 온실의 동쪽에 동그란 모양으로 꾸몄지요.

여름. 허브 가든에서 바라본 온실 입구. 등수국이 꽃을 잔뜩 피웠다.
그 밑으로는 댐스 바이올렛과 층층이부채꽃이 무리지어 피어 있고 콜크위트지아도 아름답게 피어 있다.

봄. 허브 가든에서 바라본 온실 입구. 봄의 온실에는 식물이 거의 없다.
아래쪽 정원에는 수선화와 물망초가 무리지어 피어 있고, 돌능금나무의 흰 꽃이 가득 피어 있다.

북서풍을 막기에 안성맞춤인 장소라 생각해서 이곳에 허브 가든을 만들었습니다.

일조량도 그렇고 토질도 그렇고, 이곳을 허브 가든으로 택하길 잘한 것 같아요.

본래 경사져 있어서 흙을 높이 쌓아올려 평평하게 만들었지요.

도넛 모양으로 벽돌을 깔아 만든 오솔길은 장식적으로는 손색이 없지만, 나중에 벽돌 사이에서 잡초가 돋아나는 문제가 발생했습니다.

가을. 허브 가든에서 바라본 온실의 입구.
정원 쪽 꽃은 대부분 지고 돌능금나무의 열매와 보랏빛의 과꽃만이 초록빛 속에 화사함을 더하고 있다.

허브 가든의 한가운데에 애지중지하는 월계수가 있고, 그 주변으로 바질, 세이지, 타임, 라벤더, 로즈마리 등 허브들과 알리움, 금잔화, 붓꽃 등을 심어두었습니다.

이렇게 다양한 꽃이 함께 있는 편이 허브만 있는 것보다 재미있을 것 같지 않나요?

이외의 다른 장소에도 여러해살이 화초나 한해살이 화초와 함께 허브들을 잔뜩 심어두었답니다.

집 앞의 정원에서 온실 옆을 지나쳐 온실 입구와 허브 가든으로 연결되는 오솔길은 벽돌을 깔아 만들었다. 제라늄, 갯괴불주머니, 접시꽃, 루드베키아 같은 여름 꽃이 한창이다.

위로 등수국이 늘어지고 아래에는 레이디스 맨틀이 넓게 퍼진 온실의 입구.

레이디스 맨틀의 잎사귀에 동그란 물방울들이 조롱조롱 맺혀 있다.
그 위의 꽃은 갯괴불주머니.

❀ 여성의 망토를 연상시키는 잎의 모양에서 그 이름이 유래되었다고 하는 레이디스 맨틀**Lady's Mantle**은 무리지어 자라나는 여러해살이 화초로 황록색의 꽃이 핍니다.

비가 온 후면 잎사귀에 동그란 물방울들이 매달려 있습니다.

장미와 함께 심어도 예쁜 화초랍니다.

맨 처음 만든 온실은 장작 스토브로 난방을 했습니다. 지금의 온실은 전기로 온도 조절이 가능하니 그전보다 훨씬 편해졌지요. 항상 영상 5도를 유지하도록 조절하고 있어요.

겨울. 온실은 추위로부터 곤히 지켜줘야 할 식물들로 북적댄다.

동백과 오렌지나무는 항상 온실에서 키우고, 제라늄, 헬리오트로프, 월계수 같은 것들은 겨울 동안만 온실에서 키웁니다.

온실 구석에 놓아둔 바구니와 화분.
안쪽의 사다리를 타고 올라가면 본채로 연결된다.

작고 귀여운 온실용 오렌지나무를 팔기에 바로 구입했지요.

그러고 보니 어렸을 때는 이런저런 과일의 씨를 흙에 파묻고는 어떻게 될까 실험도 자주 했었네요.

Heliotrope

겨울. 허브 가든에서 바라본 온실의 입구. 온실 문이 굳게 닫혀 있다.
정원에 꽃의 흔적은 온데간데 없고 주변의 나무도 잎을 모두 떨구어
집 뒤의 오솔길까지 훤히 들여다보인다.

더위로부터 식물을 보호하기 위해 하는 일

❀ 열매는 꽃이 진 자리에 맺히는데, 열매를 맺으려면 엄청난 에너지가 필요합니다. 그러니 열매를 거둘 생각이 없다면 시들기 시작하는 꽃을 가능한 한 빨리 따주는 편이 나무를 강하고 크게 키울 수 있는 방법이지요. 꽃을 따거나 꽃꽂이용 꽃가지를 자를 때는 될 수 있으면 이른 아침이나 해 질 녘에 합니다. 햇빛이 너무 강해지기 전에 잘린 가지 부분이 회복할 시간을 주는 것이 좋거든요. 작약은 꽃봉오리가 큰 만큼 회복하는 데 시간이 더 걸리므로 특히 주의해야 합니다.

채소, 한해살이 화초, 여러해살이 화초, 관목 등 모든 식물의 모종은 봄에 심는 것이 제일 낫지요. 하지만 더러는 햇살이 강할 때나 더운 시기에 모종을 심어야 하는 경우도 있게 마련이지요. 이럴 때에는 새롭게 바뀐 환경에 적응할 때까지 햇빛을 가려주면 식물이 받는 부담이 적어집니다. 식물을 강한 햇빛이나 서리에서 보호할 때 간단하고 편리하게 사용할 수 있는 것이 바로 화분이나 양동이, 바구니 같은 것입니다. 양동이로 덮어놓을 때에는 공기가 통할 수 있게 반드시 구멍을 뚫어줘야 합니다.

단, 해 질 무렵 햇살이 기울면 덮어둔 것을 열어 모종의 상태를 살피고 내일의 날씨 등을 고려해 필요한 조치를 취해줍니다. 만일 옮겨 심은 다음 날 비가 온다면 더 이상 보호물로 덮어둘 필요가 없겠지요. 날씨에 따라 식물들은 각각 다른 반응을 보이니 언제나 주의 깊게 살펴봐야 합니다. 만약 옮겨 심고 난 후 더운 날이 계속될 것 같으면 보호물로 계속해서 덮어주는 동시에 매일매일 물 주는 일도 게을리 해서는 안 됩니다.

식물을 옮겨 심을 때에는 계절과 상관없이 충분히 물을 줘야 해요. 흐리고 시원한 날에도 물 주기는 중요합니다. 물을 줄 때는 해 있을 때를 피해 아침이나 저녁에 해야 합니다. 그러지 않으면 잎이 타서 시들어버리고 말지요.

화분 같은 것으로 덮을 수 없는 커다란 식물은 천으로 덮어 보호해줍니다. 금낭화는 봄이 되고 따뜻한 날이 며칠간 계속되면 어쩐 일인지 성급하게 싹을 내밀기도 해서 천으로 덮어 보호해줘야 합니다.

비밀의 화원 · 철쭉 오솔길 · 진달래 오솔길

❀

집 뒤의 돌능금나무 주변에 세스가 벤치를 만들어주었습니다.
그곳을 하트 형태의 화단으로 둘러싸서 비밀의 화원을 꾸몄지요.
가장 좋은 장소를 골라 화원 곳곳에 심은 철쭉과 진달래는
그 후로도 계속 기꺼운 얼굴로 맞이합니다.

늦여름. 베르가못이 흐드러지게 핀 비밀의 화원.

비밀의 화원 입구 근처에 세워놓은 새 모이통과 그 발밑을 장식하는 임파첸스.

꿀벌을 부르는 베르가못의 붉은 꽃.

임파첸스는 지나치게 그늘지지 않은 곳이라면 어디서건 쑥쑥 잘 자라는 키우기 쉬운 화초입니다. 베르가못 역시 여러해살이 화초로 쓰레기장 같은 곳에서도 잘 자란답니다.

베르가못이 활짝 피어나면 꿀을 빨려는 꿀벌들이 잔뜩 몰려오지요. 꿀벌들을 불러 모으고 싶어서 이 꽃을 심었납니다.

고사리 사이에서 자라난 앵초.

❀ 비밀의 화원에는 맨 처음 튤립을 심었지요. 감탄이 나올 정도로 아름다웠는데 그만 들쥐와 사슴이 구근을 몽땅 먹어버렸답니다.

물망초가 한 가득 피어난 적도 있습니다.

'재패니즈 프림로즈Japanese Primrose'라고도 불리는 앵초는 이곳을 좋아하는가 봐요.

지금은 식물이 너무 많아져서 원래의 하트 형태를 알아볼 수 없게 되고 말았습니다.

초여름. 흰 앵초와 고사리에 둘러싸인 비밀의 화원.
머지 않아 이곳에는 새빨간 베르가못이 피기 시작할 것이다.

철쭉 오솔길.

여기 있는 철쭉은 뉴햄프셔의 옛집에서 가져와 심은 것들입니다.

습기가 있고 배수가 잘되는 산성 토양과 비료를 필요로 하는 철쭉에게는 이곳이 제일 안성맞춤인 장소였지요. 30년 사이에 이렇게 크게 자라났습니다.

❀ 철쭉 역시 꽃잎이 시들기 시작하면 모두 뜯어줍니다.
사슴이 울타리의 부서진 틈으로 들어와 철쭉 잎을 따 먹기도 합니다.

흰 철쭉.

분홍 철쭉.

진달래 오솔길은 한 바퀴 다 돌고 나면 원점으로 돌아오도록 말굽 모양으로 되어 있습니다.

엑스버리 아잘레아 등 희귀한 품종의 진달래를 좋아해서 잔뜩 심어두었습니다.

이곳에는 진달래 외에도 목련, 블루베리, 조팝나무와 같은 나무 종류와 빙카와 양지꽃같이 땅을 무성하게 뒤덮는 것들도 심었답니다.

사슴, 다람쥐와의 끝없는 전쟁

❀ 집 주변에는 야생 동물들이 많습니다. 미국 너구리가 복숭아 열매를 먹으러 오기도 하고, 아프리카바늘두더지가 사과나무에 올라가서는 껍질을 벗기기도 하지요. 딱따구리가 돌능금나무에 몇백 개의 구멍을 뚫어놓았지만 나무에는 별다른 해가 없나 봅니다. 뱀도 잔뜩 있지만, 이곳에 있는 뱀은 모두 독이 없는 것들로 식물에게도 나쁜 짓을 하지 않습니다.

문제를 일으키는 것은 사슴, 들쥐, 다람쥐 같은 녀석들입니다. 사슴이 얼씬대지 못하도록 집 주변을 돌아가며 울타리를 만들어놓았지만 약간의 틈이라도 있으면 그곳을 비집고 들어와 구근과 나뭇잎을 먹어치우고 맙니다. 다람쥐는 먹이가 있으면 있는 만큼, 없으면 또 없는 만큼 개체수가 늘어나는 동물이라서 어쩔 도리가 없습니다. 뉴햄프셔에는 장미 잎에 들러붙는 풍뎅이가 있었지만 버몬트에는 없는 것 같아요. 벌레를 막기 위한 대책은 따로 세워본 적이 없어요. 지금껏 해충 때문에 골치를 썩은 적도 거의 없고요. 추운 기후와 숲에 둘러싸여 있는 것도 나쁘지만은 않나 봅니다.

이 주변에는 덴마크송충이라는 애벌레가 있어서 가끔 나뭇가지 사이에 텐트처럼 생긴 막을 실로 만들어 펼쳐 놓고 그 속에서 떼지어 살고 있는 경우가 있습니다. 덴마크송충이의 막이 한번 나무에 생기면 가지를 잘라 태우는 것 이외에는 다른 방법이 없습니다. 덴마크송충이는 털이 거의 없고 짙은 갈색 몸체 중간에 노란색 세로줄이 있는데, 옛날 사람들은 덴마크송충이의 세로줄이 긴 해는 겨울이 혹독하다고 믿었습니다.

집 뒤 · 헛간 주변

❀

이 동네에는 특별한 때만 정식 현관을 통해 출입하는 풍습이 있어요.
보통 때에는 집의 남쪽에 있는 현관 대신 집 뒤에 있는
주방의 출입구를 이용하지요.
문을 열고 들어가면 헛간이 있고 그 앞에 주방 입구가 있습니다.

보통 출입구로 사용되는 주방 입구에서 손님을 맞이하는 코기 메기.

겨울철의 스산한 풍경. 헛간 입구 근처.

봄. 수선화와 민들레가 무리지어 피어 있고 자작나무의 어린 잎이 싱그러운 헛간 입구 근처.

집의 북쪽에 남아 있던 눈도 모두 녹았습니다.
아무것도 보이지 않던 땅 위로 파릇파릇한 풀이 올라오고, 민들레와 수선화, 물망초와 튤립이 한데 어울려 꽃을 피우는 봄이 또다시 찾아온 것이지요.
행복한 봄입니다!

5월 초의 본채 입구 주변.
튤립이 피어나고 앙증맞은 청나래고사리의 어린 잎이 올라오고 있다.

5월 하순의 본채 입구 주변.
청나래고사리가 꽤 크게 자랐다.

6월의 본채 입구 주변.
청나래고사리의 잎이 아름답게 퍼지고 나무 이파리들이 무성해지기 시작했다.

겨울의 본채 입구 근처.
나뭇잎이 모두 지고 눈이 내리기 시작했다.

❀ 영국에서는 1400년경부터 나뭇가지를 엮은 울타리를 만들어 사용해 왔습니다.

손자 윈슬로가 그걸 참고로 이렇게 나지막한 울타리를 엮어주었지요.

스산한 겨울.
본채 입구를 산책하는 메기.

시골 정취가 느껴져 평온해지지 않나요?

하지만 조금씩 삭아서 망가져버리기 때문에 2, 3년에 한 번씩은 새로 엮어주어야 한답니다.

오렌지 꽃과 닮아서 '모크 오렌지Mock Orange(가짜 오렌지)'라고도 불리는 매화병꽃은 아침 햇빛을 받으면 달콤한 향기를 뿜어냅니다.

여름. 본채의 뒤와 온실의 입구를 연결하는 오솔길. 흰 꽃이 고운 매화병꽃나무.

봄. 헛간 앞에 생강나무의 노란 꽃이
가득 피어난다.

왼쪽의 헛간에서 자유롭게 오갈 수 있게 만들어놓은 닭들의 운동장.
머지않아 이 앞쪽으로 접시꽃이 피어날 것이다.
그물망 너머 침실 창문이 보인다.

조팝나무의 이 소담한 하얀 꽃은 '신부의 화관'이라 부르곤 합니다.
이제 곧 장미도 피기 시작할 거예요.

이 접시꽃 발밑에는 서양깨풀이 자라고 있습니다.
트럼펫 모양의 귀여운 꽃이 피어나는 야생화로, 씨를 뿌려 키웠답니다.

여름. 비둘기 집 앞으로 접시꽃, 원추리가 피어 있다.

늦여름. 꽃이 진 생강나무 앞에 펼쳐진 베르가못 군락.

정원에서 마음껏 피어날 수 있는 화초를 선택하라

나는 내 마음에 드는 식물을 그저 마음이 가는 대로 심었을 뿐입니다. 그렇다고 해서 좋아하는 모든 식물을 심을 수 있다는 말은 아닙니다. 나의 정원에서 마음껏 꽃을 피울 수 있는 식물을 고르고 그 식물이 좋아할 만한 장소를 궁리해서 찾고 내가 좋아하는 방식으로 심는다는 뜻이지요. 버몬트의 겨울은 혹독하기 때문에 매년 봄 새로 심어주어야 하는 식물이 반드시 몇 종류는 있게 마련입니다. 그러다 보니 차츰차츰 이 땅에서 기꺼이 꽃을 피워주는 것들을 소중히 여기게 되었습니다.

어머니와 할머니도 그러셨지만, 나도 여러해살이 화초가 좋습니다. 나의 정원에는 접시꽃, 작약, 금낭화, 백선 등 어머니와 할머니의 정원이 그랬듯이 옛날부터 주욱 우리와 함께했던 화초들이 많습니다. 하지만 신문이나 잡지, 책을 통해 잇달아 개발되고 있는 새로운 품종에 대한 이야기를 읽는 것도 커다란 즐거움 중의 하나입니다. 흥미가 생기면 물론 새로운 품종을 구합니다. 마음에 드는지의

여부는 꽃의 빛깔과 잎의 우아함으로 결정합니다. 새로운 식물을 심어서 관찰해보는 것도 어마어마한 즐거움 중 하나입니다. 뉴햄프셔의 옛집에서는 키우지 않았지만 지금의 버몬트 정원에서 건강하게 자라는 것도 있어요. 예를 들면, 이 주변에 흔한 멋진 고사리들. 숲의 지면은 대체로 산성의 부식토여서 양치식물에게는 이상적인 서식지인 셈이지요.

한해살이 화초로는 나팔꽃, 금잔화, 캘리포니아 포피 등의 씨앗을 매년 뿌리고 있습니다. 나팔꽃 같은 경우는, 씨를 심은 나무통의 테두리에 돌아가며 같은 간격으로 침을 박은 후 나무통 가운데에 지주를 세워 올립니다. 그리고는 박아놓은 침과 지주의 끝을 서로 실로 엮어, 그 부분을 타고 나팔꽃 가지가 올라갈 수 있게 해줍니다.

야생화도 좋아해서 원래 자생하고 있는 것 이외에도 에키네시아, 서양깨풀 등 직접 씨앗을 뿌려 불려온 것도 많이 있습니다.

아무리 자기가 좋아하는 식물이라 해도 그곳의 환경을 기쁘게 받아들이지 않는 식물을 무리해서 심을 것까진 없어요. 그보다 더 중요한 건 여러분이 있는 그 땅을 반기는 식물을 선택하는 일이겠지요.

연못 · 초지 · 야생화 정원

꽃밭이 있는 정원을 돌아가면, 그 주변에 연못과 함께
동쪽으로는 초지가, 서쪽으로는 야생화 정원이 있습니다.
연못은 원래 없던 것을 손수 만든 것인데,
세스가 불도저로 자리를 파고 샘에서 물을 끌어와
가장자리에 돌을 둘러서 만든 것입니다.
연못을 한 바퀴 돌아볼 수 있도록 오솔길도 만들었지요.

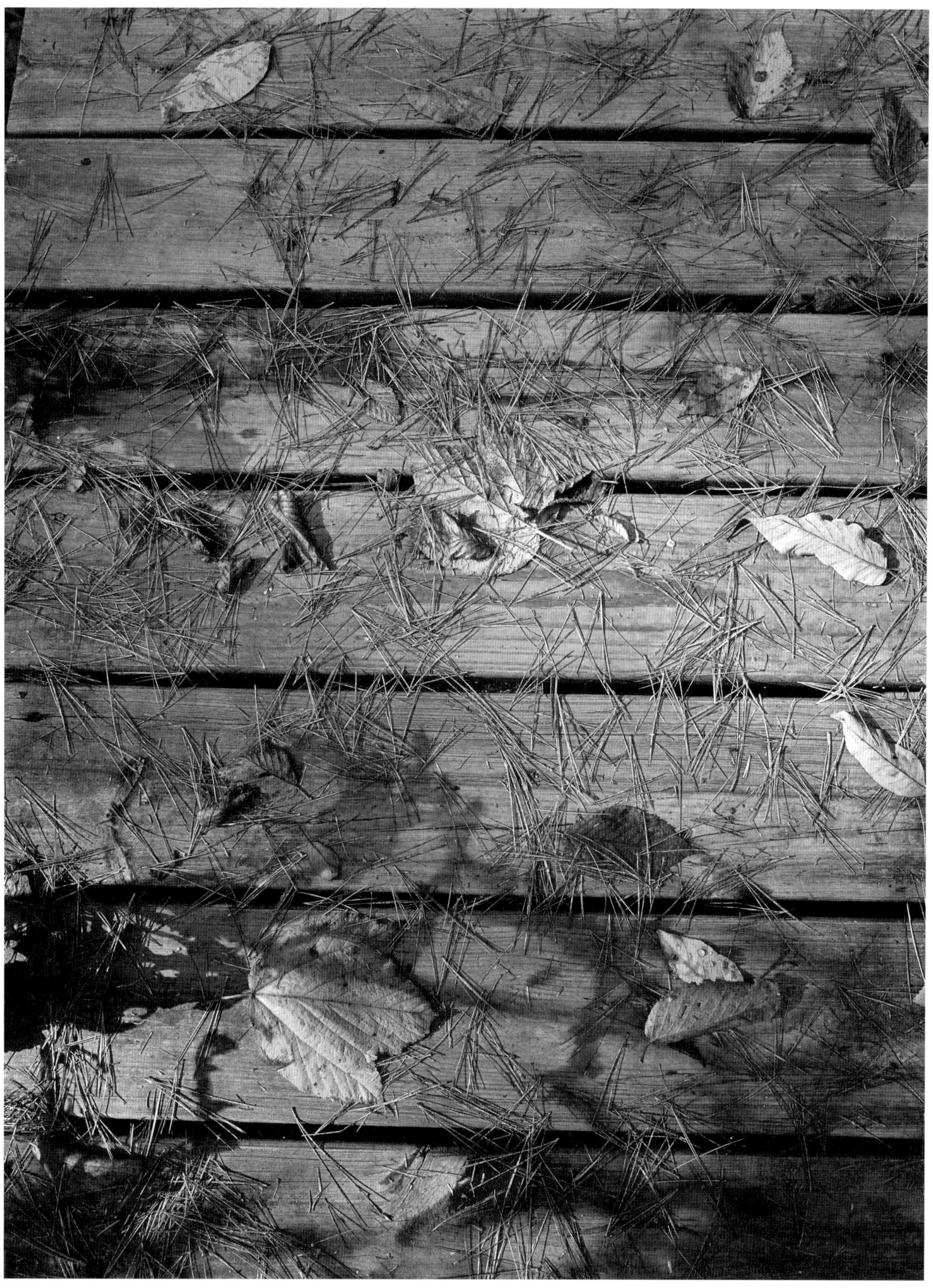

여름. 연못 주변은 나무 다리를 뒤덮을 만큼 무성하게 초록 잎이 자라난다.

단풍이 들기 시작하는 가을. 연못에는 수련이 떠 있다.

연못의 다리는 손자 윈슬로의 작품입니다.

연못 속에는 수련을, 그리고 그 주변에는 노랑꽃창포 등 습지를 좋아하는 식물을 심었습니다.

가득 심어둔 다양한 종류의 동의나물들도 보기 좋게 퍼져 있지만, 역시 사슴은 이마저 가만두지 못하나 봅니다. 살그머니 와서 뜯어먹고 가니 말입니다.

연못 가장자리를 돌아가며
화려하게 피어 있는
노랑꽃창포.

❀ 내가 '노란 깃발'이라고 부르는 노랑꽃창포는 꽃잎이 세 방향으로 펼쳐지는 것이 특징이에요.

손이 많이 가지 않는, 키우기 쉬운 식물이지요.

붉은 꽃잎이 여성의 실내화처럼 보여서 '레이디즈 슬리퍼**Lady's Slipper**'라 불리기도 하는 개불알꽃은 뉴잉글랜드 지역에 자생하는 난초로 멸종 위기 식물로 지정된 귀중한 꽃입니다.

땅속줄기로 번식하는 종류라서 내년에 어디서 솟아나올지 마음이 부풀어오릅니다.

올해는 씨를 좀 받을 수 있으면 좋을 텐데…….

연못 가까이 있는 참개불알꽃의 아름다운 자태.

여름. 연못의 다리에서 보이는
커다란 스트로브 잣나무.

겨울. 커다란 스트로브 잣나무 아래
연못의 물이 얼어붙어 있다.

연못 옆에 있는 큰 나무인 스트로브 잣나무는 국왕의 권력 아래 있던 영국 해군이 배를 건조할 때 돛대 부분에 사용하던 나무입니다. 그래서 '왕의 나무'라는 별명도 가지고 있지요.

연못의 겨울 풍경. 연못에는 가끔씩 물오리와 캐나다기러기가 찾아온다.
개구리를 먹으려고 종종 해오라기가 찾아올 때도 있다.
봄이 되면 이 다리 건너편에 수련과 튤립이 한가득 피어 장관을 이룬다.

동쪽에 있는 초지. 사탕단풍나무에 세스가 걸어둔 새집이 보인다.

정원의 동쪽에는 약 500평 정도 되는 초지가 있습니다.

그전에 한번 장미 정원을 만들려다가 그만뒀지요.

그 후, 남의 일에 쓸데없이 참견하기 좋아하는 한 정원사가 회향목으로 미로를 만들었지만 그것도 마음에 들지 않아 없애버리고 잠시 동안은 과수원과 밭으로 썼어요.

야생화 정원처럼 이곳도 층층이부채꽃 들판으로 만들고 싶어서 지금도 씨를 뿌리고 있답니다.

여름. 양치식물과 풀들로 뒤덮인 동쪽의 초지에 서 있는 사탕단풍나무. 초록 잎이 풍성하게 돋아나 있다.

✿ 초지에는 복숭아나무도 있고 또 다른 곳에 사과나무와 서양배나무도 있습니다.

지금도 열매가 잘 맺힌답니다.

예전에는 잼을 잔뜩 만들었어요. 2, 3년 전까지는 염소를 키웠기 때문에 치즈나 버터도 손수 만들었는데 체력적으로 힘이 들기 시작해서 관두었습니다.

근처 생협에서 신선한 염소젖을 구입할 수 있으니 불편할 것은 없습니다. 그만두길 잘한 것 같아요.

가을. 과꽃이 피었다가 진 초지에 서 있는 사당단풍나무. 단풍이 들기 시작했다.

미역취의 일종인 연보랏빛 꽃과 과꽃으로 가득한 초지, 그리고 숲의 단풍.

딱따구리 때문에 구멍투성이가 된 돌능금나무.
그래도 나무는 끄떡없이 잘 자란다.

숲으로 둘러싸인 환경 덕분에 조용하고 차분한 생활을 할 수 있습니다.

숲이 너무 넓어서 목재나 땔감용으로 나무를 자르는 것 외에, 가지를 친다거나 부러진 나뭇가지를 치우는 등의 산림 관리는 따로 하지 않고 그냥 내버려둡니다.

야생화 정원에 핀
분홍색 층층이부채꽃.

✿ 층층이부채꽃, 데이지, 루드베키아를 택한 이유는 이렇게 넓은 장소에 무리지어 피어나면 아름다울 거라 믿었기 때문입니다.

얼마나 보기 좋게 자라줄지 처음에는 모험이었지만 결국 성공했지요.

하지만 층층이부채꽃의 수명이 워낙 짧은 데다 이곳의 겨울 추위에 못 이겨 죽어버리기도 해서 매년 부지런히 씨앗을 뿌립니다.

양치류가 꽤 많이 번졌기 때문에 이제 곧 땅을 갈아엎고 석회를 섞어준 후 전체적으로 씨를 다시 뿌려줄 때가 되어갑니다.

층층이부채꽃이 가득 핀 야생화 정원. 층층이부채꽃이 지고 나면 데이지가,
그 후에는 루드베키아가 한꺼번에 꽃피기 시작한다.

오솔길 만들기 아이디어

❀ 정원을 거닐며 돌아보기 위해 만든 오솔길에는 흙이나 풀로 된 길 이외에 벽돌을 깔아 만든 길도 있습니다.

화단과 오솔길의 경계를 울타리나 벽돌로 구분해주는 방법도 있지만 그 경계를 따라 꽃을 나란히 심는 것도 정원을 더욱 빛나게 하는 멋진 포인트가 됩니다.

화단과 오솔길의 경계에 심으면 좋은 화초로는 물망초, 스위트알리섬, 히아신스, 선갈퀴, 패랭이 등을 추천하지만 모두 실험해보고 잘 자라주는 것을 택하는 것이 좋겠지요.

나는 특히 화초 옆을 지나치다가 몸에 살짝 닿았을 때, 좋은 향이 퍼져나가는 식물을 좋아해요.

풀로 덮인 오솔길의 가장자리를 물망초가 자연스럽게
장식하고 있다.

오솔길 옆으로 나뭇가지를 엮어 만든 울타리를 둘러놓고,
모서리에는 여러 식물을 한데 심은 나무통을 놓아두었다.

벽돌과 패랭이꽃으로
오솔길 옆 화단의 경계를 꾸며놓았다.

오솔길 전체에 벽돌을 깔고
길을 따라가며 물망초를 심었다.

오솔길이 교차되는 길의 중간에 나무통을 놓아두었다.
나무통에 고인 빗물은 꽃들에게 물을 줄 때 쓰인다.

오솔길 옆으로 시베리아붓꽃을
무리지어 심었다.

BULBS
BULBS How to Select, Grow and Enjoy
FOSTER FERNS TO KNOW AND GROW
Timber Press
Artistically Cultivated Herbs
COLD CLIMATE GARDENING
Creative Propagation
Groundwork
George Harmon Scott
ROGER B. SWAIN
Woodbridge
OURCE GUIDE
MARTIN WELL-CLAD WINDOWSILLS
Horticulture
Sargent Harper
Perennial Garden Plants Graham Stuart Thomas
Dent
VICTORIAN NOSEGAYS
Wisterias A COMPREHENSIVE GUIDE
Peter Valder
Delphiniums Colin Edwards
DENT
NEWSHOLME WILLOWS: THE GENUS Salix
GROWING BULBS Martyn Rix
GREENHOUSE
The Cool Greenhouse and Conservatory
Deenagh Goold-Adams
Faber
GREENHOUSE GARDENING AS A HOBBY
James Underwood Crockett
THE COOL GREENHOUSE all the year round
CHABOT
GREENHOUSE GARDENING for Everyone
SMALL GREENHOUSE
Noble and Merkel
EENHOUSE GARDENING FOR FUN
GARDENING UNDER COVER
The Complete Book of
THE FLOWERING GREENHOUSE
Fuchsia Lexicon Ron Ewart
Fuchsias
Success with Rhododendrons and Azaleas

가까이 두고 보는 가드닝 책들.『창조적으로 번식시키는 법』,『한랭지에서의 가드닝』,『야생초 키우기』,『온실 가드닝』,『구근식물의 재배법』,『철쭉과 진달래를 성공적으로 키우려면』,『양치식물』,『약초』,『붓꽃』,『인상파의 장미』,『후크시아 용어집』등과 같은 제목의 책들이 서가에 꽂혀 있다.

에필
로그

이 세상의 낙원이 완성될 때까지

❀ 1972년 나는 오랫동안 품고 있던 꿈을 이루었습니다. 집 근처로 도로가 지나가던 뉴햄프셔의 집에서 인적 드문 버몬트의 집으로 이사를 했기 때문이지요. 이 집은 아들이 나를 위해 특별히 지어준 집입니다.

새집으로 이사한다는 것은 정원도 함께 옮겨야 한다는 의미였습니다. 1945년부터 27년간 가꾸어온 뉴햄프셔의 정원에는 내가 좋아하는 식물이 너무 많았습니다. 그래서 그 식물들을 일일이 다 파내서는 버몬트로 옮겨 심었지요.

버몬트의 토양은 그때까지 내가 한 번도 본 적이 없는 흙이었어요. 약간의 점토질로 물빠짐이 나쁜 산성의 토양. 여기에 버몬트의 가혹한 기후마저 겹쳐서 아예 키울 수 없는 식물도 있었습니다. 그래서 버몬트의 환경에 적응해서 건강하게 잘 자라주는 식물을 새롭게 심었습니다. 그런 과정을 거치며 지금의 자랑스러운 정원이 만들어진 것이지요. 나에게 버몬트의 정원은 '지상 낙원'입니다.

누구에게 보여줄 생각으로 가꾸어온 정원은 아니지만, 나의 정원 만들기 경험과 노하우를 아름다운 사진과 함께 여러분들께 소개할 수 있게 되어서 기쁩니다.

나는 어렸을 때부터 어머니와 할머니의 정원 일을 도우며 자랐기 때문에 식물에 관해, 특히 나의 정원에서 키워온 식물에 관해서는 꽃의 색이나 형태, 키우는 법을 잘 알고 있습니다. 그래서 어디에 무엇을 심으면 어떤 모습으로 그 공간이 바뀔 것인지도 금세 상상이 됩니다. 내가 무엇을 좋아하는지에 대해서는 스스로 잘 알고 있지만, 다른 사람에게 추천하거나 조언을 해줘야 할 때는 주저하게 됩니다. 대부분 취향의 문제이고, 이런저런 실험을 해보는 것도 하나의 재미니까요.

이 아름다운 책이 정원 일을 사랑하는 여러분들께 도움이 되면 좋겠습니다. 무엇보다도 이 책을 재미있게 읽어주시기를…….

언제나 그랬듯, 나의 정원을 아름다운 사진에 담아준 리처드 브라운에게 마음으로부터 감사를 전합니다.

2007년 2월, 버몬트의 코기 코티지에서

타샤 튜더 Tasha Tudor

- 1915년 보스턴에서 조선 기사 아버지와 화가 어머니 사이에 출생.
- 타샤의 집은 마크 트웨인, 소로우, 아인슈타인, 에머슨 등 걸출한 인물들이 출입하는 명문가였음.
- 9세 부모의 이혼. 아버지 친구 집에서 살기 시작함. 그 집의 자유로운 가풍으로부터 커다란 영향을 받음.
- 15세 학교를 그만두고 혼자서 살기 시작함.
- 23세 첫 그림책 『호박 달빛』 출간. 결혼.
- 30세 뉴햄프셔의 시골로 이사. 2남 2녀를 키움.
- 42세 『1 is One』으로 한 해 동안 출판된 가장 훌륭한 어린이 그림책에 수여하는 '칼데콧 상' 수상.
- 56세 『코기빌 마을 축제』 출간. 이 책이 많은 독자들의 사랑을 받아 동화작가로 유명세를 타게 됨.
  더욱 시골인 버몬트주의 산골에 18세기 풍 농가를 짓고 생활하기 시작함.
  우수한 어린이 책을 제작, 보급하는 데 공헌한 사람에게 주는 리자이너 메달 수여받음.
- 83세 타샤 튜더의 모든 것이 사전 형식으로 정리된 560쪽에 달하는 『Tasha Tudor: The Direction of Her Dreams』(타샤의 완전문헌목록)가 헤이어 부부에 의해 출간됨.
- 87세 코기빌 시리즈 세 번째 책인 『코기빌의 크리스마스』 출간.
- 90세 일본 NHK 스페셜 〈기쁨은 만들어가는 것: 타샤 정원의 사계〉 방영.
- 91세 미국 노먼 록웰 뮤지엄 등에서 전시회 〈타샤 튜더의 영혼〉 개최.

타샤 튜더 대표 작품

- 1938년 Pumpkin Moonshine
- 1939년 Alexander the Gander
- 1940년 The Country Fair
- 1941년 Snow Before Christmas
- 1947년 A Child's Garden of Verses(로버트 루이스 스티븐슨 지음, 타샤 튜더 그림)
- 1947년 The Doll's House(루머 고든 지음, 타샤 튜더 그림)
- 1950년 The Dolls' Christmas
- 1952년 First Prayers(타샤 튜더 그림)
- 1953년 Edgar Allen Crow
- 1954년 A is for Annabelle
- 1956년 1 is One
- 1957년 Around the Year
- 1960년 Becky's Birthday
- 1961년 Becky's Christmas
- 1966년 Take Joy! The Tasha Tudor Christmas Book
- 1971년 Corgiville Fair
- 1975년 The Night Before Christmas(클레멘트 무어 지음, 타샤 튜더 그림)
- 1976년 The Christmas Cat(딸 에프너 튜더 지음, 타샤 튜더 그림)
- 1977년 A Time to Keep
- 1987년 The Secret Garden(프랜시스 호즈슨 버넷 지음, 타샤 튜더 그림)
- 1988년 Tasha Tudor's Advent Calendar
- 1990년 A Brighter Garden(에밀리 디킨슨 지음, 타샤 튜더 그림)
- 2000년 All for Love
- 2003년 Corgiville Christmas

사진 **리처드 브라운**

사진을 찍은 리처드 브라운은 보스턴 부근에서 성장했고 하버드대학에서 미술과 미술사를 전공했다. 1968년 버몬트로 이사한 후 작은 학교에서 교편을 잡다가, 사진작가 일을 시작했다. 《해로스미스 컨트리 라이프》, 《오뒤본》, 《내셔널 와일드 라이프》, 《뉴욕 타임스》, 《컨트리 저널》 등에 그의 사진이 실렸다. 『왕국 정경』, 『버몬트 크리스마스』, 『에덴 동산의 시간』, 『시골 정경』 등의 작품집이 있으며 『행복한 사람, 타샤 튜더』와 『타샤의 정원』에 실린 사진들 또한 그의 작품들이다.

옮긴이 **김향**

글을 우리말로 옮긴 김향은 한국외국어대학 일본어과를 졸업하고, 전문 번역가로 활동 중이다. 느리게 살기에 공감한 바 있어 집 앞의 텃밭과 꽃밭을 가꾸는 즐거움을 누리며 강화도 외포리에 살고 있다. 내추럴 라이프 시리즈의 기획을 맡아 『소품으로 꾸미는 나만의 정원』과 『힐링 가든』 등 자연에 다가간 삶의 모습을 책으로 엮어내는 일에 주력했으며, 엮은 책으로는 『알고 싶은 꽃 이야기』, 『하이쿠와 우키요에, 그리고 에도 시절』, 『악녀의 세계사』 등이 있다. 옮긴 책으로는 『슬로 라이프』, 『몸이 원하는 밥, 조식』, 『고대의 여행 이야기』, 『붓다에게 배우는 삶의 지혜 88』 등 다수가 있다.

타샤 튜더
나의 정원

펴낸날 초판 1쇄 2008년 3월 20일
개정판 2쇄 2024년 6월 10일
지은이 타샤 튜더
옮긴이 김향
사진 리처드 브라운
펴낸이 이주애, 홍영완
편집장 최혜리
편집1팀 김하영, 양혜영, 문주영, 김혜원
편집 박효주, 장종철, 한수정, 홍은비, 강민우, 이정미, 이소연
디자인 기조숙, 김주연, 윤소정, 박정원, 박소현
마케팅 김태윤, 김민준
홍보 김철, 정혜인, 김준영, 백지혜
해외기획 정미현
경영지원 박소현
펴낸곳 (주)윌북 출판등록 제 2006-000017호
주소 10881 경기도 파주시 광인사길 217
전화 031-955-3777 팩스 031-955-3778
홈페이지 willbookspub.com
블로그 blog.naver.com/willbooks 포스트 post.naver.com/willbooks
트위터 @onwillbooks 인스타그램 @willbooks_pub
ISBN 979-11-5581-712-4 (03840)

◦ 책값은 뒤표지에 있습니다.
◦ 잘못 만들어진 책은 구입하신 서점에서 바꿔드립니다.

Tasha Tudor's
Successful Garden